AF249464

SVITTE DE LA GAZETTE DE LA PLACE MAVBERT

par lAutheur de la
DE LA GAZETTE DE HALLES,
touchant les affaires du tempe.

A PARIS,

Chez MICHEL METTAYER, Imprimeur ordi-
naire du Roy, demeurant en l'ifle Noftre Dame
fur le Pont Marie, au Cigne.
M DC. XLIX.

DAME BARBE SE PLAIGNANT
à sa petite fille, du long temps qu'elle n'a veu
Dame Denise pour leur conferance.

TROISIESME GAZETTE,

Margot n'a-tu point veu Denise,
Tres-dame qu'elle est mal aprise:
On ne la voit ny peu ny prou.
A ses fourée en quel que trou
Per guieu à le me boute en painne.
Il ny a casy deux semaine
Con ne la voit point an cartié
La pauure femme s'est pitié
A la vng homme bien tarible
Vn homme qui sans faire crible:
Luy aura fait quelque guignon
Et tres-bien frotté çon taignon
Ie cognois fort bien son courage
Set vn gueble à faire carnage
Et puis le iour qua sans n'aly
Par trois fois bien fort lapely
Car il enrage quant à cause
Tenez en voila de la loze,
Las veneça prenez a moy
Ma foy quand seroit pour le Roy

A qui Dieu donne bonne vie
Voyez , prenez.

        La Bourgeoise.

Que ie manie.

       Dame Barbe.

Ho mets fet que voila du bon
Tenez voulez-vous du Saumon
Vous en couperay deux darne
Ne le faites pas pour lefparne
Cy vous en auez apety
Ie vous le barez à credy.
Ie voy quoy que vous puiffiez dire,
Que fet voftre fruit qui en defire
Et que les petits pieds bien fouuent
Font bien fouffrir du mal aux grans
Y me fouuient l'autre carefme
Vous n'acheptiez rien qu'à moy-mefme.
Comme dit l'autre fans manty
Vous ne faites que rambely
Par ma foy ie vous en affure.

       La Bourgeoife.

Ho vous m'en contez des plus mures,
Ca ça ne faut point tant préché ,
Defpechons nous fefont marché.

       D. Barbe.

Vous vous maucqué de moy fe femble
Nous ne nous battrons pas enfemble
Tout fe que i'ay eft bien à vous

       La Bourgeoife.

Mais le bon mot combien pour nous

          Dame

Dame Barbe.
Voullez vous dont que ie le dife
Au cy vray qua vous ie deuife
Vous ne man poyrez que fix frans
Car quand feroit pour mon enfant
Ie nen rabattrez pas la maille.
          La Bourgeoife.
Hó, hó faut dont que ie m'en aille
Vous efte trop chere auiourd'huy,
Effe à caufe du Vendredy
Que vous faites la rencherie.
          D. Barbe.
Ca, venez ça, parle mamie,
Con bien en voulé vous doné
Ieru faut-il tant s'etonné
Voyez comme eft la maichandire
Ca combien en voulez-vous dire.
          La Bourgeoife.
Pour es viter tant de façons
Ie vous en donne deux teftons.
          Dame Barbe.
Efcoutez auffi vray Madame
Comme vous efte honefte femme
Y me rauient fans vous manty
A plus de trois frans & demy.
          La Bourgeoife.
Vous n'en aurez pas dauantage.
          D. Barbe.
Cela neft pas à voftre vfage,

B

Rendez, rendez moy mon faumon
Adieu, adieu ma foy fa mon
Vous faut des trippes de moirué,
Comme diantre fon cheual ruë
Voyez madame de fainct main
Le cous tout chargé de farcin
Voyez la belle migaurée,
Voyez la gueufe reparée
Pancé que fon pauure coqu
Ne luy a donné qn'vn efcu
Pour le refte de la femaine
Voyez moy fa bougre de maine
Ses beaux cheueux en ferpenteaux
Ses blancs foulliers dans les ruffeaux
Ses deux coiffe de crapaudaille,
Voyez ma dame rien qui vaille
Luy faut donné du faumon frais
A fe beau rette de lacquais
        La Bourgeoife.
Adieu à ton iamais veu femme
Dire tant de parolle infame
Qui parle auec moins de raifon
        D. Barbe.
Adieu, adieu mary graillon
Tronez moy le dos au plus vifte
Car iour de guieu cy tu mirite
Tu veras que paife ma main
Pefte à poux chefne de putain
Voyez moy fe beau mafcqu'arade

Quelle grand dieble dalebarde
Ma foy voyla vn beau baton
Pour rauardy à mon faucon
Auſſi bien meſtre Iean Guillaume
Ne dis plus rien que ſes ſepſſiaumē
La pandeloque ne va plus
           La Bourgeoiſe.
En voulez vous dix ſols de plus.
           Dame Barbe.
Aute toy deuant ma bouticque
Porte guignon chaude pratique
Cy non ie te gytré de l'eau
Bougre de grouain de pourceau
Reguaytez donc dame Ponſette
Parlez donc commere tres-nette
Voiraine na tu rien de bon
Pour donné à ce vieu dragon
Madame ou eſt voſtre demeure
On vous le portera tout aleure
Avez-vous beſoin d'vn hoteur
Ou bien d'vne charette a beufs
Pour porter tout voſtre bagage
A loroit plus beſoin d'vn page,
Pour luy trouſé ſon cotillon
Car à ſe crotte de fa çon
Qu'à ne ſera bien toſt que bouë
De main en main con la bafouē
Puis qua ſanfuit crions apres

Eſt carognie maſque eſt eſt
Ma foy la voyla en allée,
Adieu vous dis la pauure plelée
    Dame Barbe ſurpriſe par
    dame Deniſe.
A commere bon ie ty prans
Quoy tu te faſche en bon etian
Tu as toute la face bleuë
    Dame Barbe.
    Qui parle du loup en voit la qeue
D'où dieble vient-tu dont dimoy
Tu mas donné bien de l'effroy
    Dame Deniſe.
Le dieble ſoit la groſſe feſſe
D'où vient ie viens de Goneſſe
Ne me vis tu pas le matin
A la porte de ſainct Martin
Ou ie vit la beaucoup de braue
Donné le rude aſault au raue
Et plus de deux mile cadeſt
Firent là la geuire aux naueſt
Aux ognions, au choux aux ſyboules
Enfin tout Paris fut en foulle
Setoit maruaille de les voir
Se la dury iuſque au ſoir
Moy qui eſtoit demeuré derriere
Iy demeury la priſonniere
Iuſquà ſe iour que tu me voit
Enfin que dis-tu du con voit

              Entryty

Entryty beaucoup de charrettes.

D. Barbe.

Les gran ruës estient trop estreteces
Silan entry vraman beaucou,
Tan con ne sauoit les mettre oux.

D. Denise.

A present comme va l'affaire
Auronie la paix ou laguera.

D. Barbe.

Ie faizons la paix maugré eux.

D. Denise.

Que diantre y sont dót bien honteux.

D. Barbe.

Perguieu y leur est bien force
Ce Cardina ce mestre Iosse
Se voit au bout de son roullet
Car tu voit tout chacun le hait
Les Nomans & toute l'Espagne
Les Lorains & tout la Bertagne
Enfin tant aux villes qu'aux champs
Chacun le cognois si méchant
Qu'on ne cherche que sa ruaine.

D. Denise.

Ma foy ion bien eu de la pain,
Et ce b Prince de Condéo
En est tousiours possedé
Aussi bien que tout sa caballe
Si ie le tenien dans la hálle
Il varroit que set destre hais

Principalement à Paris
Ce n'eſt pas qu'on luy voulu faire
Aucune choſe temeraire
Quand ce ne ſeroit que ſon nom
Appellé Louis de Bourbon,
Mais ie luy chanterien ſa game
Luy remonſtrant qu'il eſt infame
De prendre vn ſi mauuais party
Qui l'en fera bien repanty
Vn Cardina vn Emainance
Qui na plus rien de bon en France
Y la tout pris tout mis dehors
Y ne luy reſte que ſon corps
Dont cela bien fort le chagraigne
Tient l'autre iour boiuant chopaine
Ientendy dire ſa chanſon
Sur le beau chan quandira-ton.

Dame Barbe.

Haula dis don que ie tantande
Cet vne belle ſarabande.

Dame Deniſe.

Sus bons François ſecourez voſtre France.
Secourez moy dans mon oppreſſion.
Voſtre naiſſance
Porte le nom
De ne ſouffrir aucune trayſon.
Vangé moy don
Braues guerriers ſógez que ie vous donne,
Auec le iour vn cœur comme vn Lion

Cy ma couronne
Par vn demon
Deuant vos yeux eſt priſe ſur monfron,
       Quandiroiton.

Grand Parlement vous eſtes trop auguſte
Pour nen vouloir tirer voſtre raiſon,
La cauſe eſt iuſte
Et de ſaiſon
En vous vengeant voſtre Roy & mon non,
      quandiroiton.
      Dame Barbe.

Ie nentan rien à ton jargon
Ny fin ny moin qu'au bas berton
      Dame Deniſe.
Ma foy veu tu que ie le diſe
Auſſi fait bien Dame Deniſe
Mais i'en ay fait ſans me vanté
Vne que ie te vas chanté,
Sa couſte la bien ie te prie
Si tu la trouue plus jollie.
      Dame Deniſe.

Ie voudrois bien tenir dedans ma chambre
Ce Maſcarin qui nous fait enragé
Son plus biau membre
L'ayant hàgé.
A tout nos chiens ie le ferois mangé
      Quandiroiton.
      Dame Barbe.
O ma foy faut que ie la praine.

I'ayme mieux te payer chopaine
A vaut plus fans comparaifon
Vn efcu que l'autre vn tefton.
                    Dame Denife.
Ien fauon bien encor vne
Et qui n'eft pas des plus commune
Puis que i'en fomme fur le train
De ce dieble de Mafcarin
Par ma foy faut que ie la dife
A coufté à parle fans fintife.
Du Mazarin & de la Mazarinaille
Quandiroiton que dieble en diroiton,
Sons des cannaille
Quandiroiton
Quandiroiton par ma foy rien de bon
                    Quandiroiton
                    Dame Barbe.
Quandiroiton, quandiraton,
Nous a fait bien mangé du fon
Mais maugré tout fon hayfauce.
Nont cependant la conferance
Tant achepté comme pillé
I'auons nous fait ranuitaillé,
                    Dame Denife.
Ie nons plus peur de la famaine
Ions plus de bled & de faraine
Qui ne nous en faut pour vn an
Si nos Meffieurs du Parlement

Nous apporte la guerre ouuerte
Par ma foy ie paris sa parte
Car tous nos generaux & nous
Nous y ront luy caſſé le coux
Et cy garacheray ſa barbe
Quandi tu ma comere Barbe.

D. Barbe.

La paix eſt faite matondit
A la charge que ce maudit
Si ceſte peſte diluminance
Sortita de noſtre France
Dieu luy en veille bien ouy
Que noſtre petit Roy Louis
Son frere & toute ſa famille,
Reuienne dans ſa bonne ville
Sans roublié auecq rairon
Les plus rutils de la mairon
Sa mere, ſon oncle & ſa tante
Et ma moirelle ſa parante
Set vn enfant que i'aime bien
Pour du reſte ie n'en di rien
Qui face des choux ou des raue
Ses biaux ſoudart qui font les braue
Ie nen noray iamais pitié
Y lont perdu mon amitié.

Dame Deniſe,

O bien faut auoir paſſiance
Iuſqu'a tant que la conferance
Nous diſe cy ſeſt vray ou non

D.

Qui cet ennemy ce demon
Iay bien peur qui ne le deguise
Luy boutant la casacque grise
De sus sa teste vn grand chapiau
Tout alantour vn beau plumiau
A çon costé l'espée dorée
La belle perrucque poudrée
Sa barbe d'vn autre façan
Razé comme vn ieune garcon
Et ne laiseroit pas de faire
Se quiest dans lestat necessaire
Et par in cy se gauserien,
Par tout des pauures Parisiens
Adieu auec ca ie te laisse
Voila la nuict, le tamp me presse
Faut retourné à la mairon.

Dame-Barbe.

A pren moy don quandiraton.

D. Denise.

Non, non ienpecherois ta vante.

adieu

Dame Barbe.

Adieu ton ta seruante.

F I N.